PINK
GREEN
BLACK
RED
GRAY
YELLOW
BLUE
PINK
GREEN
GRAY
YELLOW
BLUE
PINK
GREEN
BLACK
RED
GRAY
YELLOW
BLUE
PINK
GREEN
RED
GRAY
YELLOW
BLUE
PINK
GREEN
BLACK
RED
GRAY
YELLOW
BLUE
PINK
BLACK
RED
GRAY
YELLOW
BLUE
PINK
GREEN
BLACK
RED
GRAY
YELLOW
BLUE
YELLOW
BLUE
PINK
GREEN
BLACK
RED
GRAY
YELLOW
BLUE
PINK
GREEN
BLACK
어둠멜표
KB264426

최근 한 크레파스가 불티나게 팔려 화제입니다.
이 크레파스는 '엉뚱한 크레파스' 라고 불리는데요,
그 인기가 날로 커져 지금은 전 세계로 퍼졌습니다.

엉뚱한 크레파스

미야니시 타츠야 글·그림 | 송소영 옮김

"나는야 엉뚱맨!
엉뚱한 짓을 정말 좋아하지.
내 꿈은 온 세상을 엉뚱하게 만드는 거야.

내가 발명한 크레파스도 꽤 엉뚱한 물건이지.
히히히."

달리

늦은 밤, 엉뚱맨은
전 세계 유치원을 찾아가
사물함마다 크레파스를 넣어 놨어요.

다음 날 아침,
크레파스를 본 아이들과 선생님은 몹시 기뻐했어요.
"와! 새 크레파스다!"
"색도 많아!"
모두 신이 나서 그림을 그리기 시작했지요.

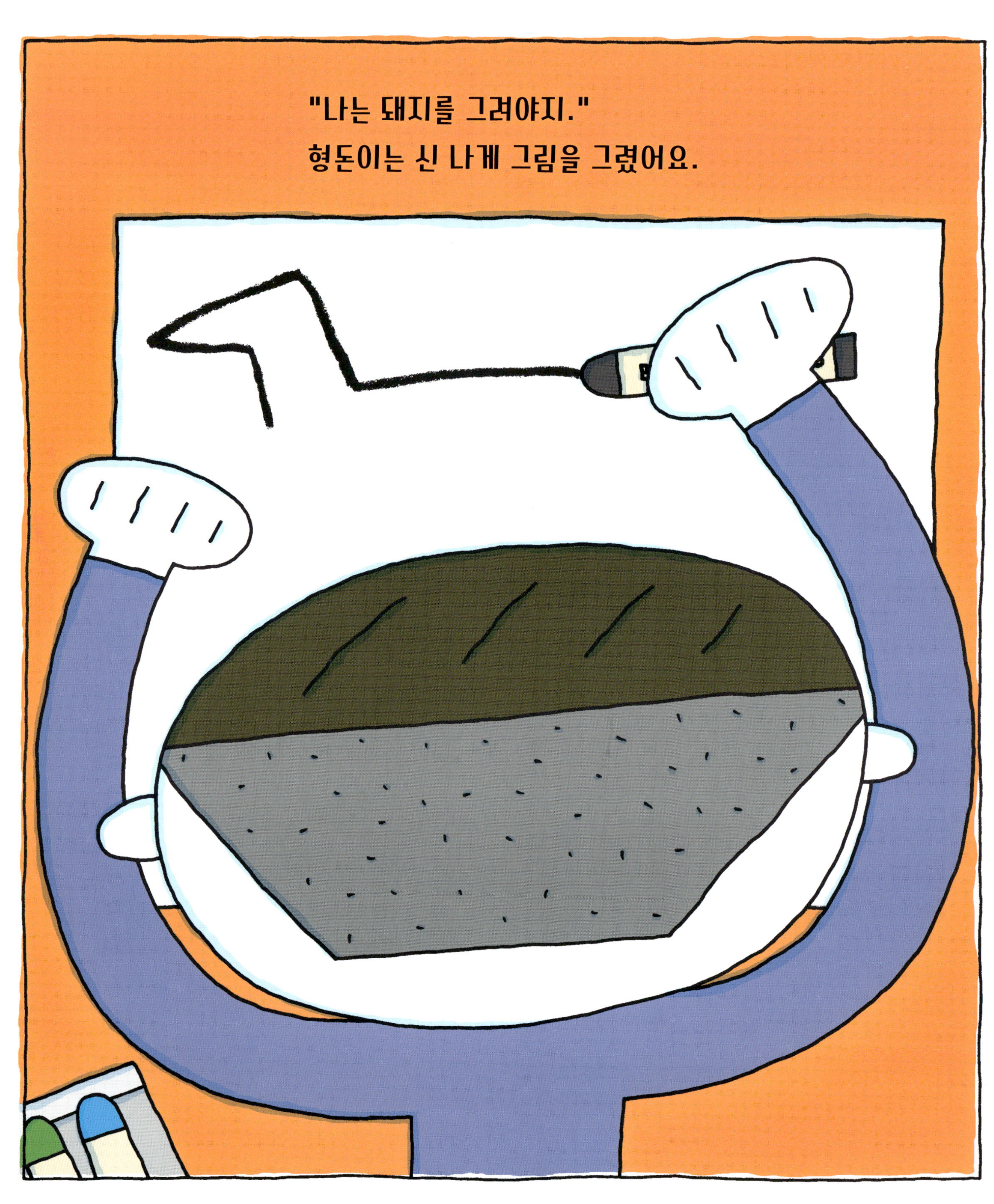

"나는 돼지를 그려야지."
형돈이는 신 나게 그림을 그렸어요.

"커다란 얼굴에 삐죽한 귀와 동그란 코를 그리고,
분홍색으로 칠하면……. 다 그렸다!"
그러자 형돈이 얼굴이…….

꿀
꾸울――!

돼지가 되었어요!

"나는 로봇을 그릴래."
신이도 즐겁게 그림을 그렸어요.

"네모진 얼굴에 안테나를 그리고……,
이렇게 색을 칠하면……. 다했다!"
그러자 신이 얼굴이…….

삐리리릭——!

로봇이 되었어요!

"나는 토끼를 그릴 거야."
유리도 열심히 그림을 그렸어요.

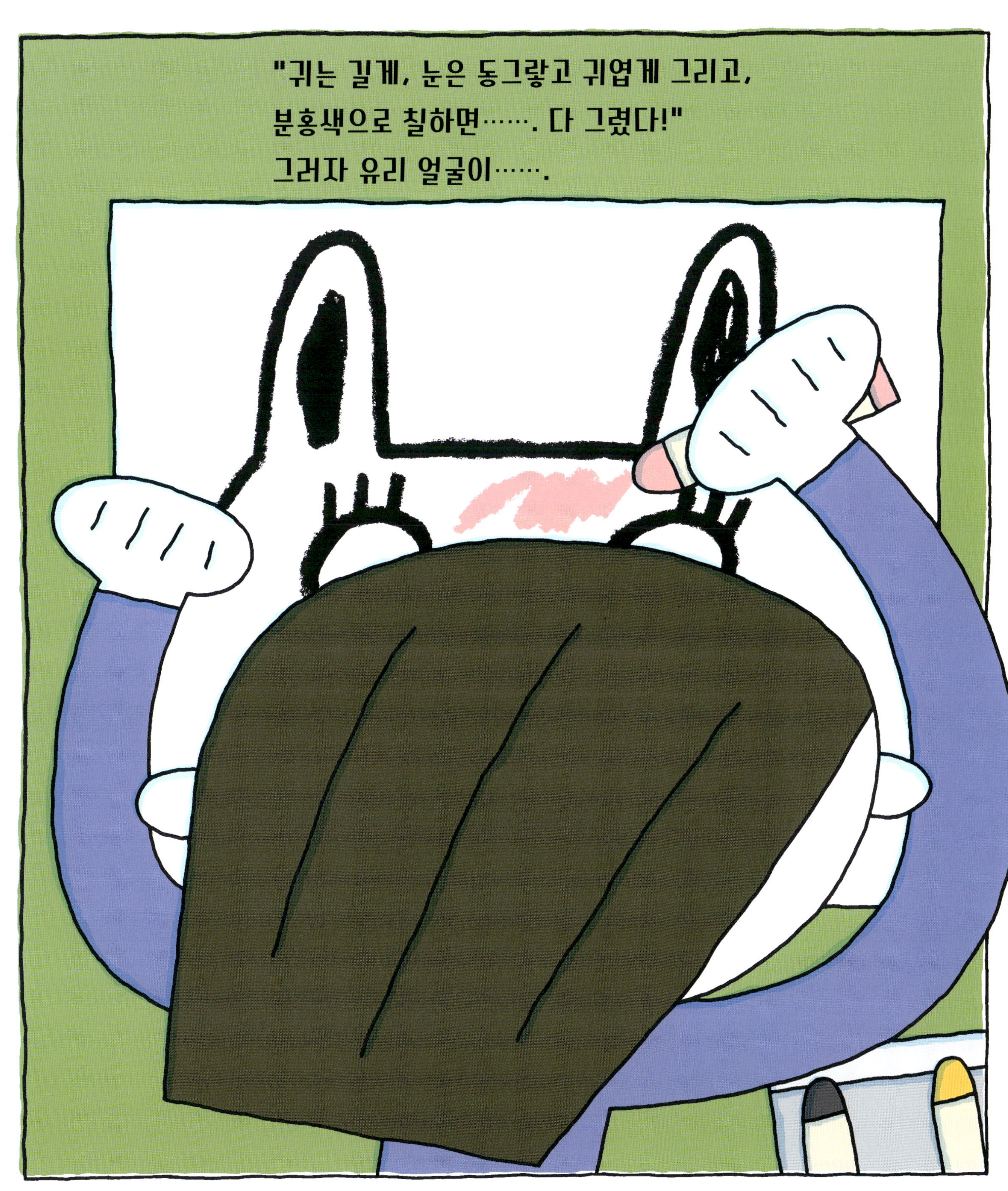
"귀는 길게, 눈은 동그랗고 귀엽게 그리고,
분홍색으로 칠하면……. 다 그렸다!"
그러자 유리 얼굴이…….

까꿍——!
RED HENEKO

귀여운 토끼가 되었어요.

"선생님은 공주님을 그려 볼게요."
선생님도 그림을 그리기 시작했어요.

"눈은 반짝반짝 빛나게, 코는 오뚝하게!
멋진 왕관도 그리고, 예쁘게 칠하면……. 완성!"
그러자 선생님 얼굴이…….

샤랄라——!

예쁜 공주가 되었지요!

전 세계 아이들이 엉뚱맨이 만든
크레파스로 그림을 그렸어요.

LC SAMSONG
오늘의 뉴스
SBC
BLACK

엉뚱맨은 뉴스를 보며
투덜거렸어요.

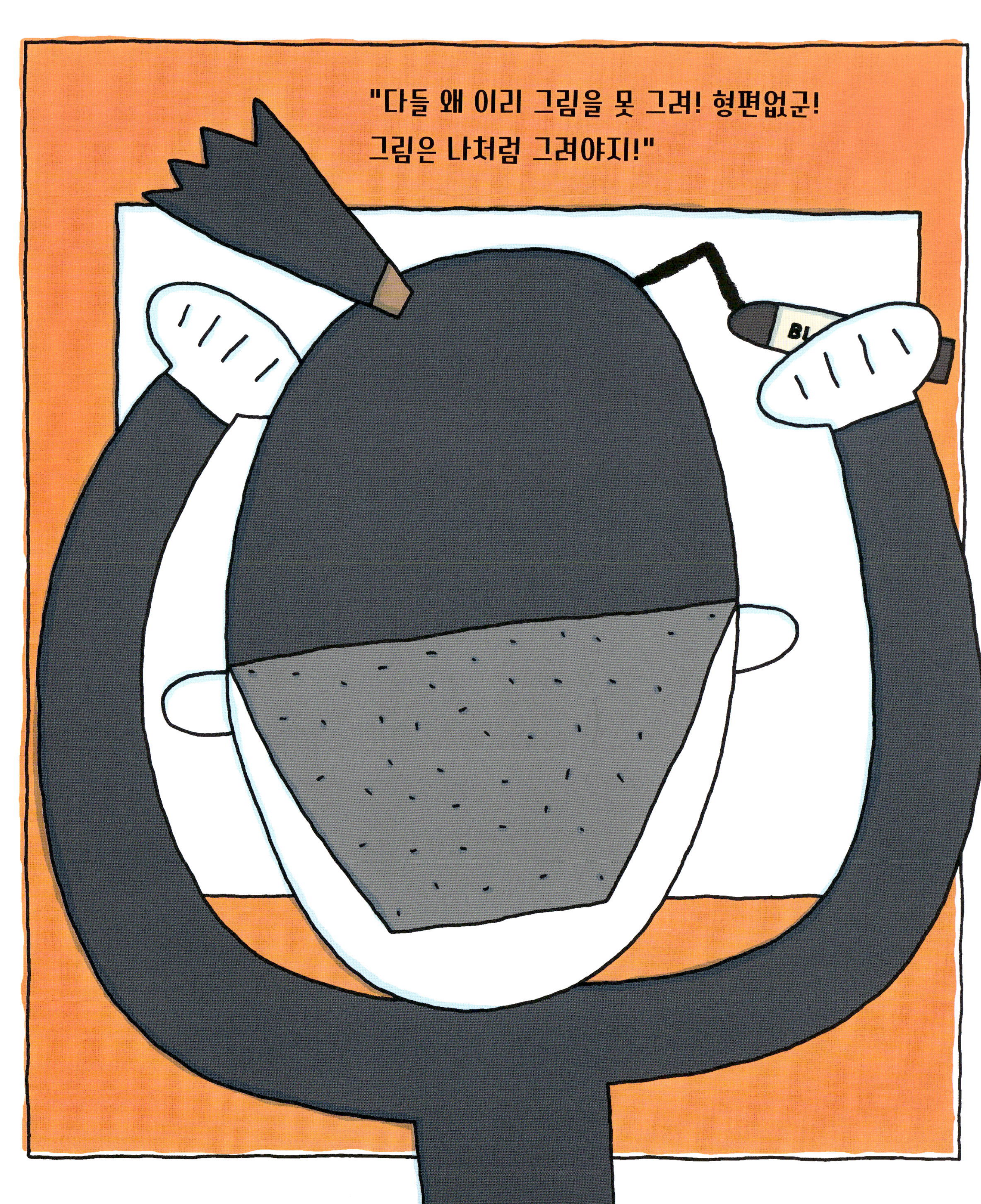
"다들 왜 이리 그림을 못 그려! 형편없군!
그림은 나처럼 그려야지!"

복면을 쓴 엉뚱맨은 으스대며 꽃을 그렸어요.
그림을 다 그리자마자…….

짜—잔!
BLACK

꽃이 되었지요!
"어때? 귀엽지?"
엉뚱맨이 묻자 모두 입을 모아
대답했어요.

"아니, 이상해. 괴물 같아! 우리 모두 그래."
아이들은 자기 얼굴을 되찾고 싶어 했어요.
엉뚱맨은 몹시 난처했지요.
원래대로 되돌리는 방법을 알지 못했거든요.

엉뚱맨은 서둘러 비밀 기지로 갔어요.

엉뚱맨은 무언가를 열심히 만들었어요.
"휴, 잘생긴 내 얼굴을 되찾을 수 있겠군.
그림 실력들이 형편없으니 어쩔 수 없지.
다 원래대로 되돌려야겠어."

철컹— 철컹—.
오물오물 냠냠.

"얘들아!
흰 염소 로봇에게
너희가 그린
그림을 먹여!
그러면 원래대로
될 거야!"

염소에게 그림을 먹였더니, 모두 원래 얼굴로 돌아왔어요.
그 후로 아무도 엉뚱맨이 만든 크레파스를 쓰지 않았어요.
"이 크레파스가 최고의 발명품이라고 생각했는데, 아쉽군!
다음에는 훨씬 더 엉뚱한 걸 만들어야지! 히히히."

미야니시 타츠야는 일본 시즈오카현에서 태어나 일본대학 예술학부 미술학과를 졸업했습니다. 인형미술가, 그래픽 디자이너를 거쳐 그림책 작가가 된 미야니시 타츠야는 개성이 넘치는 그림과 가슴에 오래 남는 이야기로 사랑을 받고 있습니다. 《나는 걷기대장 쫑이》, 《개구리의 낮잠》, 《메리 크리스마스, 늑대 아저씨!》, 《크림, 너라면 할 수 있어!》가 우리나라에 소개되었고, 《아빠는 울트라맨》, 《돌아온 아빠는 울트라맨》, 《아빠는 울트라세븐》으로 '겐부치 그림책 마을' 대상과 비바 카라스 상을 받았습니다. 《오늘은 정말 운이 좋은걸》, 《찌찌》도 고단샤 출판문화상 그림책 상을 받았습니다.

송소영은 일본 레이타쿠 대학과 대학원에서 일본어를 공부했습니다. 저자의 마음까지 전하는 번역을 위해 노력하며 좋은 책을 소개하는 번역 기획도 하고 있습니다. 옮긴 책으로는 《미니부케와 세 마녀》, 《누구나 할 수 있는 멋진 마법》, 《허브 정원의 피아노 레슨》, 《우리 남편, 육아빠가 될 수 있을까》, 《하루 5분 공주 프로젝트》, 《향기 나는 색연필 꽃그림》, 《568 조미료 소스 양념 대백과 》 외 다수가 있습니다.

HENTEKO CREYON
© Tatsuya Miyanishi 2014
First published in Japan 2014 by Gakken Education Publishing Co., Ltd., Tokyo
Korean translation rights arranged with Gakken Plus Co., Ltd.
through Shinwon Agency Co.
Korean edition copyright © 2016 by Dahli Children's Books Inc.

엉뚱한 크레파스

1판 1쇄 펴냄 2016년 3월 31일
1판 6쇄 펴냄 2023년 8월 7일

글·그림 미야니시 타츠야 | 옮긴이 송소영
편집 정재은 | 디자인 심흥섭 안선주
펴낸이 박소연 | 펴낸곳 (주)도서출판 달리
등록 2002.6.4(제10-2398호)
주소 04008 서울시 마포구 희우정로 16길, 17-5
전화 02)333-3702 | 팩스 02)333-3703
ISBN 978-89-5998-302-5 74830
ISBN 978-89-5998-301-8(세트)

PINK
GREEN
BLACK
RED
GRAY
YELLOW
BLUE
PINK
GREEN
BLACK
RED
GRAY
YELLOW
GRAY
YELLOW
BLUE
PINK
GREEN
BLACK
RED
GRAY
YELLOW
BLUE
PINK
GREEN
BLACK
RED
GRAY
YELLOW
BLUE
PINK
GREEN
BLACK
RED
GRAY
YELLOW
BLUE
PINK
GREEN
BLACK
RED
GRAY
YELLOW
BLUE
PINK
YELLOW
BLUE
PINK
GREEN
BLACK
RED
GRAY
YELLOW
BLUE
PINK
GREEN
BLACK
RED